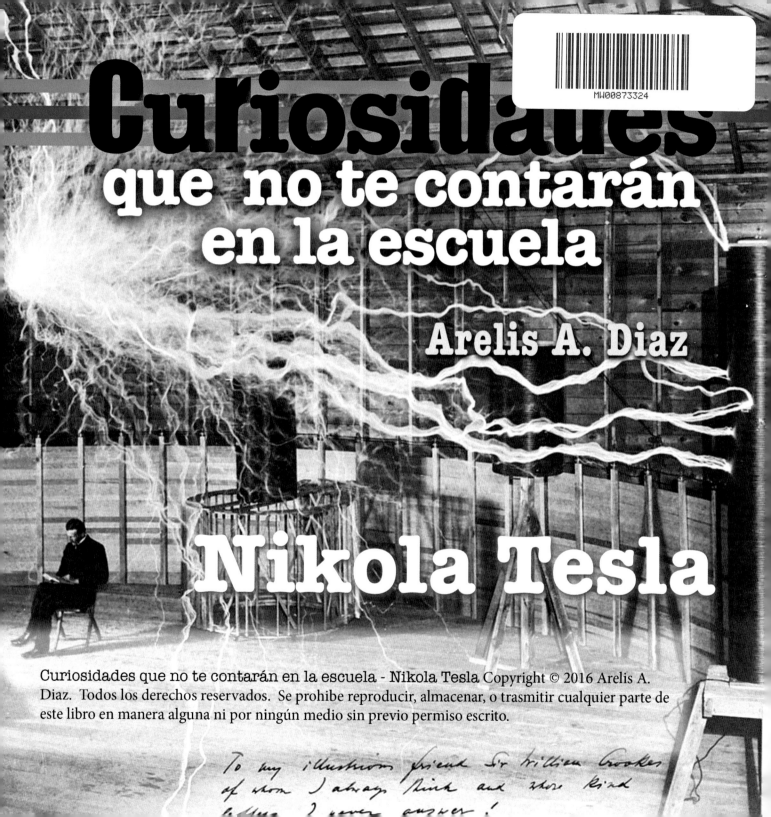

Curiosidades

que no te contarán en la escuela

Arelis A. Diaz

Nikola Tesla

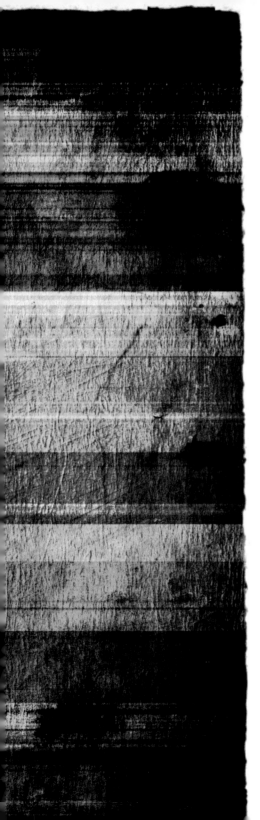

Nossa Enterprises

Inspiring young minds.

Dirección de contenidos: ARELIS A. DIAZ

Dirección editorial: JK. SALAZAR

Dirección visual: MARU LLINAS

Ilustración de portada : ABIRA DAS

Diseño: EQUIPO EDITORIAL NOSSA E.

ISBN-10: 1540679519
ISBN-13: 978-1540679512

DENVER, COLORADO. ENERO 2016

Curiosidades

que no te contarán en la escuela

Nikola Tesla

El hombre que inventó el siglo XX.

El genio olvidado

Un hombre de inteligencia privilegiada. Un lector inagotable capaz de memorizar libros enteros. Conocedor de ocho idiomas. Y con una imaginación que le permitió desarrollar las más grandes ideas con tan solo el poder de su mente.

Este genio del electromagnetismo, pionero de las comunicaciones inalámbricas, inventor real de la radio, padre de las fuentes hidroeléctricas de energía, considerado la mente más brillante de los últimos siglos es **Nikola Tesla**.

Un genio olvidado que murió solo, empobrecido, en una pequeña habitación el 7 de enero de 1943 a los 85 años.

Nikola Tesla Dies At 85 Alone in His Hotel Suite

Celebrated Inventor, Born in Yugoslavia, An Electrical Wizard

Nikola Tesla, 85, inventor of the Tesla coil, the induction motor and hundreds of other electrical devices, died last night in his suite at the Hotel New Yorker. According to hotel officials, he had been in failing health for two

¿Quién fue Nikola Tesla?

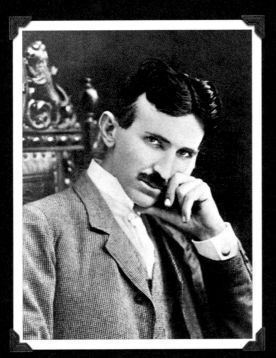

Tesla nació en 1856 en el seno de una familia serbia que vivía en la pequeña aldea de Smiljan, situada en una región montañosa del Imperio Austro-húngaro en la actual región de la Krajina, Croacia.

Su padre abandonó la carrera militar para convertirse en sacerdote de la Iglesia Ortodoxa.

Su madre no recibió educación formal alguna, pero era brillante y tenía una memoria excepcional.

¿Sabías que...?

Desde muy temprana edad, Tesla armaba complejos dispositivos mecánicos con cualquier material que tuviera disponible. Según contaba él mismo, cogía escarabajos y los pegaba a las palas de una hélice para que el insecto, al mover las alas, moviese el molinillo.

La materia favorita de Tesla eran las Matemáticas. Para resolver un problema, no necesitaba de un pizarrón o una hoja de papel. Tesla tenía la extraordinaria capacidad de ver en su mente todos los pasos necesarios para solucionarlo.

A los siete años, Tesla ideó la construcción de una cinta estática, suspendida sobre la línea ecuatorial. El pensaba que al subir a esa cinta, le sería posible viajar a 1.700 kilómetros por hora, mientras la Tierra giraba por debajo suyo.

La Culpa la tiene el Gato

La primera vez que **Nikola Tesla** oyó hablar de la electricidad era una tarde blanca. Había nevado, el aire cálido resoplaba cortando el ambiente seco en la pequeña aldea de Smilijan. Eran los inicios de 1860 y Tesla tenía tan sólo 3 años.

Macak dormía en el regazo del pequeño. Las manos de Nikola danzaban a través del lomo del animal con dulzura demostrando un afecto profundo. De repente, del pelaje de Macak empezaron a saltar chipas de una manera brutal.

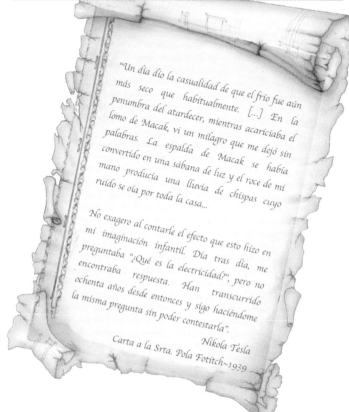

"Un día dio la casualidad de que el frío fue aún más seco que habitualmente. [...] En la penumbra del atardecer, mientras acariciaba el lomo de Macak, vi un milagro que me dejó sin palabras. La espalda de Macak se había convertido en una sábana de luz y el roce de mi mano producía una lluvia de chispas cuyo ruido se oía por toda la casa...

No exagero al contarle el efecto que esto hizo en mi imaginación infantil. Día tras día, me preguntaba "¿Qué es la electricidad?", pero no encontraba respuesta. Han transcurrido ochenta años desde entonces y sigo haciéndome la misma pregunta sin poder contestarla".

Nikola Tesla
Carta a la Srta. Pola Fotitch~1939

Minúsculos rayos espectaculares reventaban entre las manos del niño y el cuerpo del felino; el alboroto de chispas descontroladas no sólo llenó la pequeña casa, pero también colmó con preguntas la cabeza del futuro inventor.

Sus padres, un sacerdote ortodoxo y un ama de casa incansable, presenciaron tal festín. El padre tomó la iniciativa y explicó: "Es lo mismo que ves en las copas de los árboles cuando hay una tormenta".

Durante su vejez, el **Gran Inventor** recordó ese momento de su infancia en una carta escrita poco antes de su muerte. En ella, reconocía ese instante como el inicio de su interés por la electricidad.

Después de aquello, el mundo de Tesla se convirtió en un enorme Gato acariciado por Dios con centellas inagotables danzando en la superficie.

¿Sabías que...?

La Materia está formada por **átomos**.

Los átomos tienen 3 tipos de **partículas**: Positivas, Negativas y Neutras.

Las partículas negativas se llaman: **Electrones** y a los electrones les gusta viajar de un átomo a otro. Ese "viaje" o intercambio genera **cargas eléctricas**, como las que experimentó el pequeño Tesla.

Cuando tocamos algo o alguien y sentimos un corrientazo - ¡¡¡ZAP!!! - se debe a la transferencia repentina de cargas eléctricas distintas.

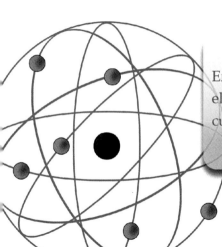

En efecto, hay corriente eléctrica corriendo por nuestro cuerpo constantemente.

El cólera y la buena fortuna...

El **cólera** es una enfermedad infecciosa intestinal aguda. Se desarrolla de forma rápida provocando diarrea y vómito.

A los 17 años, Tesla enfermó de cólera. Esto causó gran dolor a sus padres, que ya habían perdido a su hijo mayor Dane en un accidente de equitación en 1861.

Luego de nueve meses enfermo y a punto de morir, Tesla recibió la visita de su padre. Este, le prometió:

"Si te curas, te enviaré a la mejor escuela de ingeniería"

Casi de manera milagrosa, el joven Tesla se recuperó por completo y su sueño de estudiar ingeniería se hizo realidad. En 1875, Tesla comenzó sus estudios de ingeniería eléctrica en la **Universidad de Graz**, en Austria.

Tesla nunca graduaría de la universidad. En su tercer año en Graz se retiró y en Enero de 1880 cuando se presentó a la Universidad de Praga, llegó tarde a la matrícula. Ese año continuó sus estudios de manera informal como oyente en las asignaturas que eran de su interés.

Universidad de Graz

En esta etapa descubrió las limitaciones de los motores de corriente continua que producían chispas por la acción de los colectores. Este descubrimiento convenció a Tesla de la necesidad de desarrollar motores y generadores de corriente alterna que no necesiten colectores.

Finalmente, en 1881 se trasladó a Budapest para trabajar en una compañía de telégrafos, donde logró ser jefe de electricistas.

En 1882 viajó a Paris para trabajar como ingeniero en la Continental Edison Company, una de las compañías del famoso inventor Thomas Alva Edison. Edison era el pionero de la corriente continua y Tesla deseaba trabajar con él para mejorar la transmisión de energía. Desde sus años en la Universidad de Graz, Tesla tenía una sola pregunta en su mente: **¿Cómo construir un motor de corriente alterna?**

Un día, Nikola salió a caminar con un amigo por los parques parisinos. De repente y mientras recitaba un poema de memoria, su mente se inundó de imágenes e ideas distintas. Con la mayor rapidez posible buscó una varita, se arrodilló en la tierra y empezó a dibujar lo que veía en su cabeza.

Tesla había descubierto la manera de construir un motor de corriente alterna y en vano intentaba explicar a su amigo tan brillante idea.

Una vez más, la buena fortuna acompañó a Tesla. Su jefe, el señor Charles Batchelor, le entregó una carta de recomendación dirigida a Edison, que decía:

"Conozco a dos hombres de gran inteligencia. Uno es usted y el otro es el portador de la carta".

Charles Batchelor

En Junio de 1884, con tan sólo cuatro centavos en su bolsillo y aferrado a su carta de recomendación, Nikola Tesla llegó a la ciudad de Nueva York.

En 1880 se asoció con J.P Morgan para fundar la Edison Electric.

Años más tarde, J. P. Morgan le quitó sus acciones para crear General Electric.

Edison se interesó desde muy pequeño por la historia y la literatura. A los 11 años, sus padres decidieron enseñarle cómo podía hacer uso de los recursos de la biblioteca pública. Un año más tarde, decidió aplicar todos sus conocimientos al ámbito laboral y convenció a sus padres para que le dieran permiso para trabajar vendiendo periódicos en un ferrocarril local.

Thomas Alva Edison, Inventor estadounidense y empresario, defendió el desarrollo de una red de energía de corriente continua.

Edison prometió a Tesla 50.000 dólares, más de $ 1 millón en la actualidad, con la condición de que el joven inventor mejorara sus generadores de corriente continua. Pero cuando Tesla lo logró, Edison **sólo se burló de él.**

¿Puedes creerlo?

Edison logró patentar más de mil inventos durante su vida adulta. En promedio, hacía un invento cada quince días.

Dos días después de su llegada a Nueva York, Nikola entró en la oficina de su héroe: **Thomas Alva Edison**.

Se presentó con carta en mano y sin mucha espera procedió a explicar sus ideas acerca de la corriente alterna a Edison. Para su sorpresa, lo que recibió como respuesta fue una negativa rotunda.

Nikola Tesla que nunca fue un buen negociante, falló en entender que sus ideas en lugar de beneficiar a Edison, lo destinarían a la ruina.

En lugar de convertirse en socios, Tesla y Edison se convirtieron en rivales.

Thomas Alva Edison

Edison am Phonographen. (Nach einer Photographie.)

Fueron tiempos difíciles para el joven inventor que debió trabajar excavando trincheras para los cables de Thomas Edison.

Con gran tenacidad e inagotable confianza en sí mismo, Tesla continuó explicando sus inventos a todos los inversionistas que pudo encontrar.

Un año después de su fallida relación con Edison, nació la **Compañia Eléctrica de Tesla**.

El magnate **George Westinghouse** se unió al joven genio para fabricar los primeros motores de corriente alterna de la historia; juntos cambiarían al mundo por siempre.

La Guerra de las Corrientes

Nueva York se llenó de cables de corriente continua. En algunos barrios era difícil ver el cielo entre tantos cables.

Los motores y generadores de corriente alterna diseñados por Tesla funcionaron a la perfección. Pronto, su fama creció y sus inventos empezaron a ser reconocidos como una solución menos costosa para la generación de energía.

Por su parte, Thomas Edison ya poseía una docena de plantas eléctricas que dependían de la corriente directa. El éxito de Tesla amenazaba sus negocios que eran muy lucrativos, pero poco eficientes.

En 1888, Edison lanzó una violenta campaña para desprestigiar la tecnología de Tesla. Aprovechando la desafortunada muerte de un instalador de cables de telégrafo, Edison llamó la atención pública declarando que se debía a la **"nueva electricidad"**. Así, se dió inicio a la famosa **Guerra de las Corrientes.**

Thomas Edison cubrió Nueva York con carteles que advertían de los peligros de la corriente alterna. Para demostrar que sus advertencias eran certeras, Harold Brown, antiguo trabajador de Edison, puso en marcha una horripilante demostración que incluyó la ejecución de perros, caballos e incluso un elefante.

Lo cierto es que la electricidad es peligrosa. Tanto la corriente alterna, como la directa, puede causar la muerte. Pero en aquel tiempo en que la electricidad era **"nueva"**, nadie lo comprendía muy bien.

La campaña de Edison estaba creando un pánico general hacia la electricidad de Tesla. Pero eso pronto cambiaría...

¿Te imaginas quién ganó la guerra de las corrientes?

Edison sin duda estaba destinado a ganar la guerra ya que los habitantes de Nueva York sentían miedo de la corriente alterna y sus peligros. Pero a la final, perdió.

Todo cambió con la **Feria Mundial de Chicago** en 1893. Las empresas interesadas en hacerse cargo de la iluminación, tenían que presentar sus propuestas. Se presentaron dos grandes candidatas: **Westinghouse**, con las tecnologías de Tesla, y **General Electric**, una compañía recién creada que controlaba las patentes de Edison.

Cuando Westinghouse presentó un presupuesto por la mitad de lo que pedía General Electric, la obra le fue adjudicada.

El 1 de Mayo de 1893, cien mil bombillas alimentadas básicamente con corriente alterna, iluminaron la feria deslumbrando a todos los visitantes.

John Feeks murió electrocutado mientras arreglaba las líneas del telégrafo.

Feria Mundial de Chicago

En 1896 **General Electric** admitió la derrota y solicitó la licencia de las patentes de Westinghouse. Las ideas de Tesla habían triunfado y sus inventos estaban destinados a electrificar al mundo entero.

Este es el generador que alimentó la feria de Chicago

La electricidad es un tipo de energía transmitida por el movimiento de electrones. El movimiento de electrones puede ocurrir en una sola dirección o en dos direcciones a lo largo de un cable.

Cuando el movimiento es en una sola dirección se llama **Corriente Continua**. Cuando el movimiento se da en dos direcciones se conoce como **Corriente Alterna**.

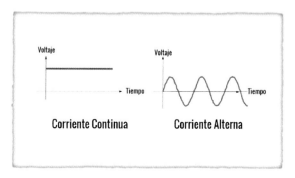

Para lograr que los electrones se muevan a través de los cables de energía, los científicos usan **campos magnéticos**.

Al inicio del cable colocan una *carga negativa* que empuja los electrones a alejarse y al final del cable hay una *carga positiva* que los atrae.

Así funciona la corriente continua de Edison.

El problema con este tipo de corriente, es que los electrones al viajar pierden su fuerza o **carga**. Por eso, la corriente continua requiere de **estaciones repetidoras** que recargan los cables eléctricos a cada kilómetro de distancia.

¿Te imaginas tu ciudad llena de plantas eléctricas en cada calle y cables sobre tu cabeza tan gruesos como pan francés?

Así lo imaginó Nikola Tesla y entendió que era muy importante desarrollar otra manera de transmitir electricidad. Tesla trabajó en el desarrollo de la **corriente alterna** ya que podría transportar mayores cantidades de energía a mayor distancia y con cables más delgados.

Cuando los electrones viajan en dos direcciones, se puede transmitir energía con cargas elevadas o **"alto voltaje"** y ese voltaje se puede subir o bajar de acuerdo a las necesidades. Como resultado, las estaciones repetidoras se hacen innecesarias y la energía tiene más fuerza para viajar más lejos.

Pero... *¿Cómo lo consiguió?...* Ya sabemos que la energía se mueve a través de cables gracias a un campo magnético donde su

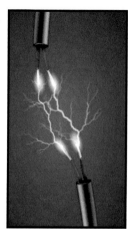

lado negativo la empuja y su lado positivo la atrae. *¿Qué podía hacer que este campo magnético alternara?* ...Esa era la pregunta de Tesla y su respuesta se basó en una de las invenciones más revolucionarias del hombre: **La Rueda.**

Es decir, podemos transmitir energía de alto voltaje a grandes distancias y usar energía de bajo voltaje en nuestras casas.

La corriente alterna de Tesla funciona gracias a una rueda que gira constantemente con cuatro imanes. A medida que la rueda gira, los imanes cambian de posición y hacen que el campo magnético cambie o alterne entre positivo y negativo. Los electrones suben y bajan constantemente, todos estos cambios durante la transmisión de energía permiten mayor flexibilidad en la manera cómo se transforma el voltaje.

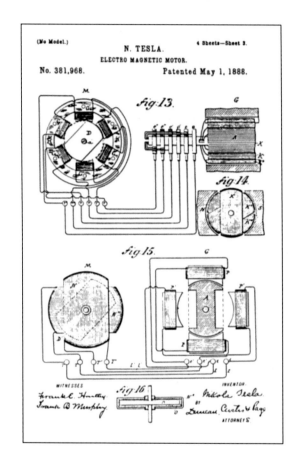

Electricidad a distancia

Gracias a Nikola Tesla y su trabajo con la corriente alterna, se hizo posible la transferencia de electricidad a distancia. En 1893 la compañía **"Niagara Falls Power Company"** contrató a George Westinghouse para diseñar un sistema capaz de generar corriente alterna usando el poder de las cataratas. Tres años después, en 1896, se construyeron gigantescos conductos subterráneos y enormes turbinas generadoras capaces de enviar energía hasta la ciudad de Buffalo a 32 kilómetros de distancia.

Algunas personas creen que la primera central hidroeléctrica se construyó en las cataratas del Niágara gracias a los desarrollos de Tesla. Sin embargo, las centrales hidroeléctricas se desarrollaron primero en Europa entre 1878 y 1885.

Las cataratas del Niágara son un grupo de cascadas situadas en el río Niágara. en la frontera entre Estados Unidos y Canadá. Situadas a unos 236 metros sobre el nivel del mar, su caída es de aproximadamente 64 metros.

Desde niño, Nikola soñaba con usar la energía del Niágara. A los cinco años, jugaba en riachuelos con discos que hacía girar con el paso del agua. Siendo ya un adolescente, vió la fotografía de las cataratas con su tío y le dijo:

"Un día, convertiré el poder de las cataratas del Niágara en electricidad"

Nueva York, 1901

Actualmente, entre el 50 % y el 75 % de la corriente del río Niágara, es desviada hacia plantas hidroeléctricas en Estados Unidos y Cánada mediante cuatro grandes túneles. Luego, el agua se deja caer de vuelta al río pasando por unas turbinas hidroeléctricas que proveen de energía a las ciudades cercanas.

Mago de la Electricidad

A Tesla se le recuerda más por sus teorías e ideas extravagantes que por los aportes que hizo a nuestra vida moderna.

Luego de vender sus patentes de corriente alterna a Westinghouse, Tesla se centró en investigar el extraño mundo de la electricidad de alto voltaje. Su objetivo era ofrecer energía gratuita a todos para garantizar la paz mundial

Llegó a dominar tanto la nueva tecnología que logró pasar grandes corrientes por su cuerpo sin efectos secundarios, dando lugar a efectos espectaculares que le dieron la fama de "Mago de la electricidad".

¿Qué Pasaría Si La Energía Fuera Gratuita?

Tesla creía que el libre acceso a la electricidad evitaría las guerras y haría la vida más cómoda para todos. Su sueño era generar energía limpia y transmitirla utilizando la ionósfera, la parte electrificada de la atmósfera que es importante, hoy en día, para transmitir las ondas de radio alrededor del mundo.

Para ello en 1899, Tesla se mudó a Colorado Springs. Allí inició sus experimentos de transmisión inalámbrica de energía. Rayos y centellas se veían caer sobre el laboratorio del inventor. Estruendosos sonidos llenaban las noches y fallas del servicio eléctrico se presentaban con frecuencia.

Los habitantes de la ciudad empezaron a sentir temor del inventor, creían que jugaba a ser Dios y luego de tan sólo ocho meses, Tesla se vio forzado a regresar a Nueva York.

La Torre de Long Island

Tesla nunca renunció a sus ideas. Con ayuda del millonario JP Morgan empezó la construcción de la Torre de Long Island: Wardenclyffe, una torre gigante que serviría para establecer una comunicación mundial inalámbrica.

Tesla venía maquinando esta idea desde hacía 10 años, cuando el banquero y abogado James S. Warden le cedió unos terrenos donde comenzar a construir la Torre. J.P Morgan invirtió 150 mil dólares y Tesla inició la construcción de su más grande sueño.

Para junio de 1902 Tesla movió todo su laboratorio allí, y comenzó sus experimentos. El problema fue que los costos fueron aumentando, y pronto se terminó el dinero aportado por Morgan.

TESLA LABORATORY
LONG ISLAND N.Y.

Al no contar con financiación, las actividades del laboratorio de Wardenclyffe tuvieron que cesar, y se despidió a los empleados en 1906.

Para 1911 estaba todo abandonado, y en los periódicos se hablaba del desperdicio arquitectónico millonario de Tesla.

En 1917 la torre fue dinamitada por órdenes del gobierno, por miedo a que los alemanes la utilizasen para guiar a sus submarinos.

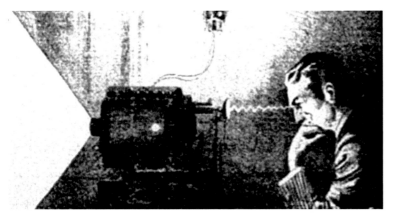

¿Sabías que...?

Tesla era brillante, pero sus rivales, lo desacreditaban haciéndolo pasar por loco. Edison producía ideas que se transformaban en productos útiles y ese era su gran mérito. Tesla por su parte, soñaba con ideas difíciles de comprender y pasaba por excéntrico.

Sus costumbres antisociales, no lo ayudaban. Odiaba estrechar manos, tocar cabello, las joyas, y se había obsesionado con el número 3. Caminaba toda una cuadra tres veces, antes de entrar en un edificio y durante sus cenas en restaurantes, siempre pedía 18 servilletas para limpiar él mismo sus cubiertos.

Tesla pasaba el día trabajando de nueve de la mañana a seis de la tarde, y cenaba exactamente de 8 a 10 de la noche Él mismo decía que nunca dormía más de dos horas. También contó en sus notas que una vez estuvo 84 horas sin dormir, trabajando sin parar en un proyecto.

En sus últimos años se había fanatizado con las palomas, pasando gran parte de su día alimentándolas en el parque, incluso alegando en sus notas que se había enamorado de una que él mismo había salvado y curado.

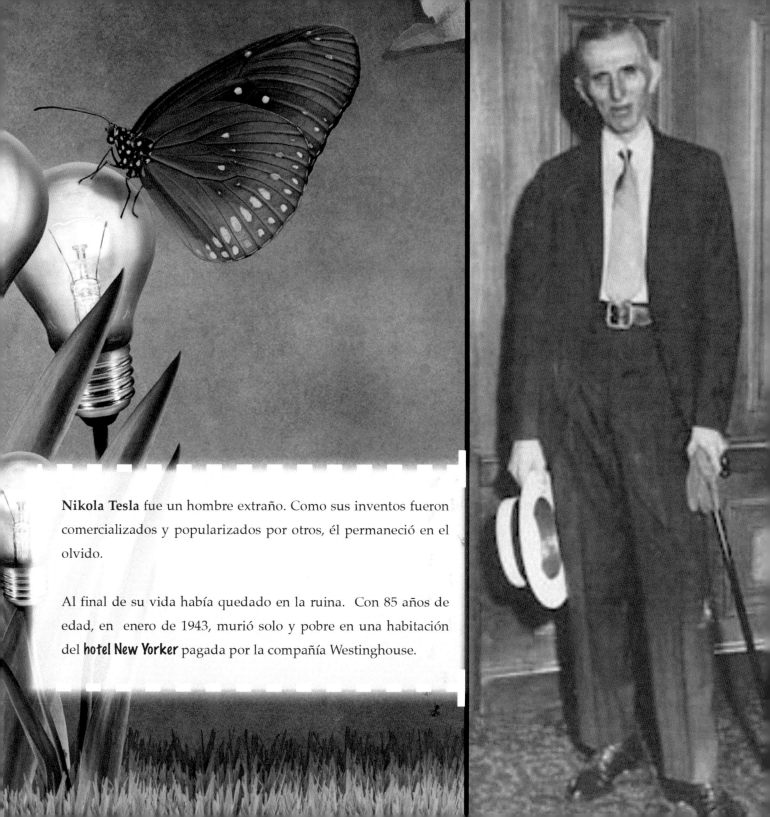

Nikola Tesla fue un hombre extraño. Como sus inventos fueron comercializados y popularizados por otros, él permaneció en el olvido.

Al final de su vida había quedado en la ruina. Con 85 años de edad, en enero de 1943, murió solo y pobre en una habitación del **hotel New Yorker** pagada por la compañía Westinghouse.

Curiosidades

Aunque actualmente no existe ninguna aplicación práctica para las bobinas de Tesla, su invento pudiera ser usado en un futuro cercano para transmitir energía eléctrica e información a grandes distancias sin usar cables.

Tesla construyó su bobina más grande en Colorado Springs, Colorado. Se informó que el dispositivo producía chispas de 40 metros de largo y podía transmitir cantidades substanciales de energía a más de 40 km de distancia.

Si alguna vez vas al museo y al tocar una bola de cristal se te colocan los pelos de punta, seguramente estás tocando una Bobina de Tesla.

Aunque la historia reconoce a Guglielmo Marconi como el inventor de la radio, fue en realidad Nikola Tesla quien patentó e hizo posible que tengamos radio, televisión, y hasta internet.

Marconi uso 17 patentes de Tesla, se alió con Edison y en 1901 consiguió transmitir la letra S en código Morse a través del Atlántico.

Años más tarde, en 1909, Nikola Tesla tuvo que ver cómo Marconi ganaba el Premio Nobel gracias a su descubrimiento. La denuncia no se resolvió hasta varias décadas después, en 1943, cuando Tesla y Marconi ya habían muerto.

Curiosidades

¿Sabías que Tesla inventó lo que se puede considerar como el helicóptero primitivo?

El Aeroplano de despegue y aterrizaje vertical de Tesla, es lo que hoy llamamos: un helicóptero.

Es interesante ver cómo Tesla describía el aparato y auguraba que en un futuro sería un instrumento básico para la industria y el comercio. Su creación no era lo suficientemente sólida para llamarlo inventor del helicóptero moderno. Pero no se equivocó en su predicción del futuro.

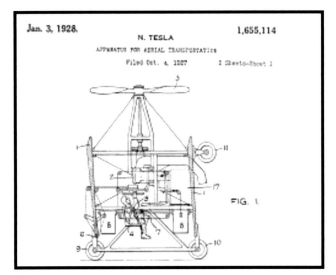

El descubrimiento como tal, se le atribuye al español Juan de la Cierva y su **Autogiro**.

Decora este dibujo con los colores que prefieras.

NIKOLA TESLA

Si te ha gustado el libro, por favor escribe una reseña en Amazon

Puedes decir lo que más te ha gustado, qué tipo de libros te gustaría leer la próxima vez. O simplemente HOLA.

¡Gracias por compartir tus ideas!

© 2015 Editorial Nossa E.

Dirección de contenidos: Arelis A. Diaz
Dirección editorial: Jk. Salazar
Dirección visual: Maru Llinas

ISBN#978-1-941054-09-3

Denver, Colorado. Septiember 2015

Decora este dibujo con los colores que prefieras.

¡Explora con nosotros!

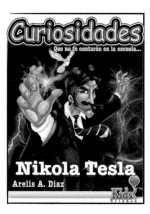

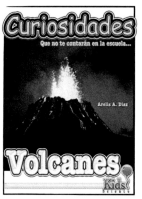

Juego Laberinto

CANDELA Y ALEJO NECESITAN DE TU AYUDA
PARA ENCONTRAR LAS LÁMPARAS DE BAJO CONSUMO.
¿QUÉ CAMINO DEBEN TOMAR?

Made in United States
Orlando, FL
16 September 2022

22488790R00022